Dreizehn Prinzen
Ines Nandi

Für meine Familie

Ines Nandi

Dreizehn Prinzen

Verwandlungs-Märchen

Bibliografische Information durch die deutsche Nationalbibliothek:

Die Deutsche Nationalbibliothek verzeichnet diese Publikation in der Deutschen Nationalbibliografie; detaillierte bibliografische Daten sind im Internet unter http://dnb.d-nb.de abrufbar

Impressum
Ines Nandi © 2011
Titelbild: Ines Nandi
www.autorin-ines-nandi.de

€ 6,50
Herstellung und Verlag: Books on Demand GmbH, Norderstedt
ISBN 978-3-8423-7923-7

Inhalt

Dreizehn Prinzen

Einer zog aus
Eine *Rose* zu finden
Einer war *Fels*
Und wurde ein Mann
Nashorn wollt an
Die Prinzessin sich binden
Vero die *Eiche*
War König des Tann.

*Lilie*nsohn
War ein Prinz in der Nacht
Mücke ward König
Mit großer Pracht
*Frosch*könig freite
Die Spinnerin
Herrn *Truthahn* erlöste
Die Königin.

Einer war *Schildkröte*
Jüngling im Traum
Kakerlake erschreckte
Die Lehrerin kaum
Krishna der Gott
Kam als *Elefant*
Der *Papagei*
War als Mann elegant.

Elfenkönig im *Salbei*strauch
Fand seine Herzensdame auch.

Wandlung und Liebe
Dreizehnmal
Sag mir, wen magst du?
Du hast die Wahl!

Die Rose

Es war einmal ein junger Prinz namens Johannes, dem es an Mut nicht fehlte, aber nach allen Abenteuern, die er bestanden hatte, schien ihm keines so erstrebenswert wie die Liebe – diese hatte er noch nicht kennen gelernt. So verabschiedete er sich eines Tages von seinen Eltern und zog aus, sich ein Weib zu suchen.

Er sattelte seinen treuen Schimmel und brach im Morgengrauen auf. Dreizehn Tage und Nächte ritt er ohne anzuhalten. Manchmal schlief er im Sattel, währenddessen sein Ross immer weiter trabte – nach Westen, der untergehenden Sonne entgegen.

Am vierzehnten Tag, um die Mittagszeit, blieb das Pferd plötzlich stehen. Es scheute vor einer hohen und dichten Dornenhecke, die den Weg zu versperren schien. Mitten in der Hecke blühte eine einzelne, große, dunkelrote Rose. Den Prinzen ergriff ein übermächtiges Verlangen die Blume zu pflücken. Begehrlich streckte er seine Hand nach ihr aus. Da war ihm, als säuselte es im Winde:
„Rühr mich nicht an, sonst geschieht dir Leid!"

Johannes lachte, doch in Wahrheit wurde ihm bang ums Herz. Ja, er zitterte vor Bangigkeit und vor Erwartung – er *musste* diese Rose besitzen! Und er brach sie ab...

Gleich saß eine Jungfrau mit hellen Haaren und grünen Augen vor ihm auf dem Schimmel. Johannes sah sie an... und wusste, was Liebe heißt.

„Ich bin Prinz Johannes", flüsterte er atemlos. „Willst du mit mir kommen?"

„Ich heiße Rosina", flüsterte das Mädchen zurück. „Gib deinem Pferd die Sporen, denn meine Mutter ist eine mächtige Hexe, die mich als Rose in diese Hecke gesetzt hat, um leichtfertige Männer zu verderben. Viele schon haben die Rose gepflückt; sie sind alle tot. Du aber gefällst mir. Lass uns versuchen zu fliehen. Leicht wird es nicht sein."

„Ich suchte von allen Abenteuern das größte, die Liebe", sagte Johannes. „Nun habe ich *dich* gefunden und brauche keine Gefahr mehr zu scheuen."

Und er küsste Rosina, während er sein Reittier in die weite Ebene hinaus jagte.

Bald legte sich dichter Nebel über das Land.

„Meine Mutter hat uns entdeckt", klagte das Mädchen. „Nun gibt es kein Entrinnen mehr. Was auch geschieht, geliebter Johannes, sieh zu, dass du heimlich einen Dornenzweig

brichst, wenn wir bei der Hecke angelangt
sind.“

Das Paar irrte viele Stunden lang umher, bis
der Schimmel erneut vor der Dornenhecke
stand. Der Nebel löste sich auf, die Dornen
teilten sich und aus einem kleinen Haus hinter der Hecke trat eine Frau. Sie war nicht
schön und nicht hässlich, nicht alt und nicht
jung. Es war die Hexe Jarga. Sie berührte
ihre Tochter mit der Hand – augenblicklich
wurde sie wieder zur Rose. Johannes begann
bitterlich zu weinen.
„Gute Frau“, flehte er, „gebt mir Eure Tochter
zur Gattin! Ich liebe sie mehr als alles in der
Welt!“
„Das haben schon viele gesagt“, hohnlachte
die Zauberin. „Wenn du es aber wagst, über
Nacht in einer Schlangengrube auszuharren,
und wenn du diese Nacht überlebst, dann
sollst du Rosinas Hand erhalten.“
„Für Eure Tochter nehme ich jede Gefahr auf
mich!“, rief Prinz Johannes. „Führt mich nur
gleich zu der Grube.“

Die Sonne war hinter dem Horizont versunken. Der Prinz fühlte nach dem kleinen Dornenzweig in seiner Tasche. Vor seinen Füßen
tat sich der Boden auf. Die Hexe war nirgends zu sehen; in der Vertiefung züngelten
zwölf giftige Vipern. Johannes stieg hinab

und zog beherzt seinen Zweig heraus. Nacheinander versetzte er jeder Schlange einen Stich mit den Dornen, worauf alle in eine seltsame Starre fielen. Wohl lebten sie noch, aber sie konnten sich nicht mehr rühren. Der Prinz legte sich nieder und schlief erschöpft ein.

Am Morgen wachte er neben der Hexe Jarga auf. Sie kicherte vergnügt und war nicht erzürnt darüber, dass sie überlistet worden war.
„Mein Kind hat dir geholfen", stellte sie beinahe gutmütig fest, „das bedeutet, dass sie dich liebt. Und da ich meine Tochter liebe, soll diese dich haben. Wer bist du?"
„Ich bin Prinz Johannes, der nicht Tod noch Teufel fürchtete, aber durch Rosina…"
„…hast du erfahren, was Liebe heißt und dass sie weher tut als die Furcht", ergänzte die Hexe. „Glaube nicht, dass ich ein herzloses Ungeheuer sei. Rosinas Vater verließ mich kurz nach ihrer Geburt. Ich habe es andere Männer büßen lassen. Wenn du in deinem Reich eine heilkundige Frau brauchen kannst, will ich fortan auf meine Hexenkünste verzichten."

Im selben Augenblick fand sich Johannes mit der Zauberin bei der Dornenhecke wieder. Rosina wurde zurück in die wunderschöne

Jungfrau verwandelt, die sie war. Das letzte Zauberwerk, das die Hexe Jarga vollbrachte, war die Hecke und ihr Häuschen zum Verschwinden zu bringen. Gleich darauf bestieg sie ein rotes Pferd.

Im Königreich seiner Eltern wurden Johannes, seine Braut und ihre Mutter mit großem Jubel empfangen. Die Hochzeitsfeier dauerte viele Tage lang, aber niemand sollte je etwas über die Herkunft der Prinzessin Rosina erfahren.

Der Salbei

An einem hellen Tag im Frühsommer wandelte Maria, die junge Prinzessin von Puladien, allein in den Gärten ihrer Eltern. Auf ihrem Wege fiel ihr Blick auf einen Salbeibusch, der über und über voller violetter Blüten stand. Maria verweilte lange um ihn anzuschauen, denn der Anblick rührte sie seltsam an. Endlich brach sie einen Zweig ab und stellte ihn in ihrem Gemach ins Wasser. Sie betrachtete den Salbei immer wieder und erschnupperte seinen starken, aromatischen Duft den ganzen Abend über.

In der folgenden Nacht hatte die Prinzessin einen Traum. Der Gewürzzweig in ihrem Zimmer schien zu rufen:
„Schau mich an!"
Bald sah das Mädchen das Antlitz eines schönen Jünglings aus den Blüten wachsen. Er hatte blauviolette Augen, goldene Locken und ein betörendes Lächeln – das Herz der Prinzessin klopfte vor Liebe bis zum Halse. Auch nach dem Erwachen schwebte ihr das Traumgesicht noch immer vor Augen.

Am Mittag aber teilten der König und die Königin ihrer Tochter mit, der Prinz von Menadu werde in wenigen Tagen bei Hofe erschei-

nen und um ihre Hand anhalten. Maria wurde bleich und zitterte am ganzen Leibe. Verzweifelt schluchzte sie auf:
„Ich heirate niemals!“, und verbarg sich in ihrer Kammer. Sie verriegelte die Tür, sodass niemand zu ihr gelangen konnte, auch ihre Amme Berta nicht, mit der sie bis zu diesem Tage jede Freude und jeden Schmerz geteilt hatte.

Auch in den folgenden Nächten erschien ihr das anmutige Gesicht aus dem Salbeizweig. Maria konnte keinen anderen Mann heiraten als diesen geheimnisvollen Jüngling, und wenn sie als alte Jungfer sterben sollte!

Als der Tag der Ankunft des fremden Prinzen nahte, beschloss die Prinzessin zu fliehen. Nach Mitternacht, als das ganze Schloss im Schlafe lag, stahl sie sich aus ihrer Kammer und begab sich heimlich zu den Stallungen. Leise, leise sattelte sie ihr Lieblingspferd, führte es zum Osttor, bestach die Wache dort mit einem Beutel Goldes und machte sich auf den Weg, der aufgehenden Sonne entgegen. Maria war mit Trauer und Sehnsucht erfüllt; ihre Gedanken waren bei dem Jüngling vom Salbei. Ihre ungewisse Zukunft bekümmerte sie nicht, ja, sie kam ihr nicht einmal in den Sinn.

Gegen Abend des neuen Tages begegnete der Prinzessin ein vornehmer Mann, der mit viel Gefolge reiste. Maria wollte sich an dem Zug vorbeistehlen. Nur widerstrebend ließ sie sich von einem der Diener zu seinem Herrn führen, da dieser sie zu sehen verlangte. Wie groß war jedoch ihr Erstaunen, wie laut pochte ihr Herz, als sie ihm gegenüberstand und ihn erkannte: blauviolette Augen, goldene Locken, ein betörendes Lächeln – kein Zweifel, es war der Jüngling aus ihren Träumen, der Mann aus dem Gewürzzweig!

„Wohin des Wegs so allein, schöne Jungfrau?“, fragte der Fremde.
„Dorthin, wo *du* wanderst“, antwortete Maria, in Tränen ausbrechend.
„Wie meinst du das? Und warum weinst du? Ich bin auf dem Wege zum Königshof von Puladien, um die junge Prinzessin zu freien.“
Maria konnte vor Erregung kaum antworten. War es denn möglich?
„Bist gar *du* der Prinz von Menadu?“, brachte sie endlich mühsam heraus.
„Der bin ich“, antwortete ihr Gegenüber. „Aber wie kannst du das wissen?“
„Ich selber bin Maria, die Prinzessin von Puladien!“, rief das Mädchen.

Der Prinz ließ seinen Tross anhalten.

„Bist du mir entgegengeeilt?“, erkundigte er sich verwundert.

„Oh nein. Nein, im Gegenteil! Ich floh vor dir. Ich wusste ja nicht, wer du bist.“

„Und jetzt weißt du es? Du sprichst in Rätseln, schöne Maria. Bitte, erkläre dich.“

Da erzählte sie ihm von dem Salbeibusch und ihrem Traumgesicht.

„Warum habe ich dich im Salbei gesehen? Kennst *du* vielleicht eine Deutung?“

„Oh ja. Wisse, dass ich ein Elfenprinz bin. Das soll jedoch kein Mensch erfahren außer dir. Die Menschen würden unser Reich durch ihre Neugier zerstören.“

„Warum wünschst du dir dann ein menschliches Mädchen zur Frau?“

„Ich hörte über dich, du gleichest einer Salbeiblüte“, erklärte der Prinz von Menadu. „Da verliebte ich mich in dich, obwohl ich dich nie gesehen hatte. Meine Liebe muss in deine Träume gereist sein.“

„*Ich* soll einer Salbeiblüte gleich sein?“

„Die mir dies von dir berichteten haben nicht geirrt. Du bist zart wie eine solche Blüte. Und da ich dich nun vor mir sehe, liebe ich dich noch mehr als zuvor. Magst du mich zum Gatten nehmen?“

„Mit tausend Freuden!“, jauchzte Maria und ließ sich von ihm an sein Herz ziehen…

Am Königshof von Puladien herrschte große Trauer. Die Prinzessin war nicht zur Morgenmahlzeit erschienen und der König und die Königin hatten ein Unwohlsein vermutet. Bald aber mussten sie das Verschwinden ihrer Tochter feststellen. Die bestochene Wache verriet schließlich, dass sie in der Nacht gen Osten aufgebrochen war. Sogleich wurde ein Trupp von Soldaten und Höflingen zu ihrer Verfolgung ausgesandt. Dieser stieß nach vielen Stunden auf den Prinzen von Menadu und sein Gefolge und fand die Prinzessin bei ihm.

Als Vater und Mutter ihr Kind gerührt in die Arme schlossen, flüsterte Maria der Königin zu:
„Mutter, hätte ich gewusst, dass *dieser* der Prinz von Menadu ist, ich wäre nicht davongelaufen." Mehr gab sie nicht preis. Kein Mensch, nicht einmal ihre geliebte Amme, erfuhr je von dem Geheimnis des Prinzen von Menadu. Bald folgte Maria ihrem angetrauten Gatten in das „Land der Salbeiblüte", denn das ist die Bedeutung des Namens „Menadu".

Die Lilie

Die Lilie hatte eine einzige große, rote Blüte und einen seltsamen Duft, wie ihn Erika noch nie an einer Blume wahrgenommen hatte. Sie dankte ihrem Vater, der sie ihr zum 15. Geburtstag geschenkt hatte und stellte sie in eine Vase. Den ganzen Sonntag über musste sie die Blüte immer wieder betrachten; sie konnte kaum den Blick von ihr wenden. Diese purpurne Farbe, diese edle Form! Erika holte ihren Malkasten und versuchte die Lilie in einem Bild einzufangen – sie scheiterte kläglich, zerknüllte das Blatt und warf es in den Abfall.

Am Abend nahm sie die Blume mit in ihr Zimmer. Auf ihrem Nachtschrank leuchtete sie geheimnisvoll im Lichte des Vollmonds. Lange konnte Erika nicht einschlafen. Als sie endlich einnickte, ertönte von irgendwoher ein leises Singen und Klingen. Träumte sie schon? Nein, sie lag in ihrem Bett und war wieder hellwach! Im Zwielicht konnte sie die Umrisse von Schrank und Schreibtisch erkennen. Die Musik war immer noch zu hören. Obwohl sie eher beruhigend als beängstigend klang, begann Erika sich im Dunkeln zu fürchten. Sie schaltete die Nachttischlampe an.

Vor Schrecken blieb ihr fast das Herz stehen: In ihrem Zimmer war jemand! Sie starrte den kleinen braunen Mann mit den fremdartigen Gesichtszügen, der vor ihrem Bett stand und sie anlächelte, entsetzt an. Er trug nichts als einen roten Lendenschurz und einen Speer in der rechten Faust. An seinem Oberarm entdeckte das Mädchen später eine tätowierte Lilie. Das war, als sie feststellte, dass die Vase auf ihrem Nachtschrank leer war.

„W-w-wer b-b-bist du?", stotterte Erika und zog die Bettdecke bis zur Nasenspitze hoch. „Was machst du in meinem Zimmer?"
Sie überlegte, ob sie um Hilfe rufen sollte, aber der Fremde wirkte bei genauerem Hinschauen nicht bedrohlich, trotz der Waffe.
„Ich bin Seni", kam die Antwort in kehligen Lauten. Der Jäger konnte Erikas Sprache sprechen. „Mein Volk ist des Zaubers kundig", ließ er das Mädchen wissen, „ich komme von der Lilie."

Jetzt bemerkte Erika, dass die Blume nicht mehr in der Vase stand.
„Was willst du von mir? Und warum kann ausgerechnet ich dich sehen? Ich verstehe, du kommst aus einer anderen Welt."
„Du bist nach der Berechnung unserer Weisen unter dem Zeichen der Himmlischen Lilie

geboren“, erklärte Seni. „Sie offenbarten mir
schon vor langer Zeit, dass du die richtige
Braut für mich bist. Schau, auch ich gehöre
der Lilie an.“
Er zeigte auf seine Tätowierung. Erika schüttelte den Kopf.
„Ich die richtige Braut für dich? Das ist doch
ein Scherz! Du wirkst, als kämest du aus einer Zeit, die längst versunken ist. Sollte *ich*
die Braut eines Wilden im Lendenschurz
sein?“

Seni lachte ein fröhliches Lachen.
„Du siehst in mir einen Wilden? Was ist ein
Wilder? Seid nicht ihr in all eurem Müll viel
schlimmere Barbaren? Erika, ich bin ein
Prinz und ein Königssohn. Ich kann dich in
ungezählte Geheimnisse einweihen. Macht
dich das nicht ein wenig neugierig? Hast du
nicht den ganzen langen Tag an dem Myste-
rium dieser Lilie geschnuppert, in der ich
verborgen war? Willst du nicht *mehr* wissen?“
„Und wenn ich mehr wissen wollte? Wie soll
das zugehen? Willst du etwa hier bleiben?
Kann ich dich morgen früh meinen Eltern
vorstellen und ihnen erklären, dass du der
Geist der Lilie bist?“
„Ich bin kein Geist, Erika, ich bin ein
Mensch. Aber ich bin ein Magier und gehöre
selber zu den Weisen meines Volkes. Für uns
existiert nicht das, was ihr „Zeit“ nennt. Wir

leben JETZT. Ich lade dich ein, in dieser Nacht mit mir zu kommen und mein Land kennen zu lernen. Dann kannst du entscheiden, ob du meine Braut werden willst und wo du mit mir leben möchtest."

Mit einem Mal trug Seni enge Jeans und ein knallrotes T-Shirt, auf dem eine stilisierte Lilie aufgedruckt war. Er sah nun viel weniger fremdartig aus.
„So gefällst du mir wesentlich besser", stellte das Mädchen fest. „Wo hast du deinen Speer versteckt?"
Seni deutete auf einen goldenen Reif, den er am linken Ohr trug. Erika musste lachen.
„Dieser Zaubertrick ist lustig. Kannst du auch aus mir jemand anderen machen?"

Der Mann schüttelte ernst den Kopf.
„Damit spaßt man nicht, das ist keineswegs ein billiger Trick. Ich wollte dir nur zeigen, dass es mir möglich ist, mich in eurem „Heute" zu bewegen. Falls du mich nehmen wolltest, wäre ich bereit, mit dir in deiner Welt zu leben."
„Aber ich bin gerade erst 15 geworden!"
„Bei uns heiraten die Mädchen mit 11 oder 12 Jahren, manche schon früher."
„Das ist für mich aber eine unmögliche Vorstellung. In unserer Zeit ist man in meinem Alter ein Teenager und denkt noch lange

nicht an die Ehe! Aber nun bin ich doch neugierig geworden. Ich glaube, ich gehe in dieser Nacht wirklich mit dir in deine Heimat und schaue mir alles an. Nur eine Frage habe ich vorher: Liebst du mich denn?"

„Ich kenne dich schon immer und liebe dich sehr."

Seni beugte sich zu Erika hinab, die nach wie vor in ihrem Bett lag, zog die Decke von ihrer Nasenspitze weg und küsste sie sacht auf Augen und Mund. Dann hob er das Mädchen hoch...

Zwei Lilien blühten in dieser Nacht in der Vase auf Erikas Nachtschrank, eine rote und eine weiße. Sie leuchteten geheimnisvoll im Lichte des Vollmonds.

Die Eiche

Eines Tages ging die Köhlerstochter Veronika in den Wald, um Reisig zu sammeln. Sie bewegte sich immer tiefer in den Forst hinein, den sie gut kannte. Doch wie konnte es geschehen? Nach einigen Stunden bemerkte sie, dass sie sich verirrt hatte und den Weg zurück nach Hause nicht mehr fand. Bald schon dämmerte es, es wurde Nacht. Veronika beschloss, sich am Rande einer Lichtung unter einer mächtigen Eiche ein Lager aus Moos zu bereiten. Sie hüllte sich in ihren Mantel, betete zu Gott, dass er sie morgen sicher heimführen möge und versuchte zu schlafen. Aber die Augen wollten ihr nicht zufallen. Das Mädchen hörte die vertrauten Geräusche der Nacht, den Wind in den Zweigen der Bäume, die jagenden Tiere. In ihrer Nähe raschelten ein paar Mäuse im trockenen Laub. Der Flügel einer Eule streifte ihre Wange, gleich darauf piepste eine Maus auf. Stille. Dann Wolfsgeheul in der Ferne. Veronika schauderte.

Mit einem Mal hörte sie eine Stimme in den Zweigen über ihr raunen:
„Hab keine Furcht, Liebes, ich bin bei dir.“

Veronika schaute nach oben. Saß dort jemand auf einem Ast? Sie konnte niemanden erkennen.

„Wer spricht denn da?", fragte sie verwundert.

„Ich bin Vero, der Geist der alten Eiche, unter der du sitzt. Ich bin der Herrscher dieses Waldes. Ich habe deinen Kopf verwirrt, damit ich dich zu mir führen konnte. Wisse, dass ich dich seit langem liebe."

„Wie ist es möglich, dass du mich liebst? Kennst du mich denn? Ich habe dich noch nie gesehen!"

„Es geschieht manchmal, dass ich menschliche Gestalt annehme", erklärte Vero. „So war ich der Bettler, mit dem du vor einigen Tagen dein bescheidenes Mahl geteilt hast."

Nach einer Pause fügte er hinzu:

„Veronika, dein alter Vater ist heute Morgen gestorben. Ich weiß, nun hast du keinen Verwandten mehr. Magst du hier bei mir bleiben? Ich sorge besser für dich, als jeder Mensch es kann."

Das Mädchen begann bitterlich zu weinen. Sie liebte ihren Vater sehr. Aber die Stimme des Baumgeistes klang liebevoll und vertrauenerweckend. Die verwaiste Tochter fühlte sich seltsam geborgen und behütet.

„Du tust mir gut", sagte sie unter Tränen. „Doch was soll aus mir werden, wenn ich im

Walde bleibe? Muss ich dann ein Baum werden?"

„Nein, das musst du nicht", antwortete Vero. Ein Lächeln klang in seiner Stimme. „Es gibt einen anderen Weg. Meine Eiche ist in ihrem Inneren hohl. Hier befindet sich ein herrliches Schloss, in welchem ich für dich menschliche Gestalt annehmen kann. Warte ein wenig, ich möchte mich dir zeigen."

Nach einer Weile stieg ein junger Mann aus dem Baume herab, der ein Licht bei sich trug, sodass Veronika ihn betrachten konnte. Vero war groß und kräftig gebaut, hatte langes grünes Haar und braune Augen und trug braune Hosen und eine grüne Jacke. Er schaute das Mädchen voller Liebe an. Sie spürte sogleich ein warmes Gefühl in ihrer Brust.

„Veronika, könntest du mir dein Herz schenken?"

„J-ja, ja, ich..." Sie hielt befangen inne. „Aber wer wird meinen Vater beerdigen?", fragte sie endlich bang.

„Morgen früh gehe ich mit dir zur Köhlerhütte und dann sorgen wir für eine würdige Bestattung", versprach Vero. „Jetzt möchte ich dich durch mein Reich führen."

Er geleitete das Mädchen durch den ganzen Wald und sie lernte diesen kennen, wie sie ihn noch nie gesehen hatte: Zahllose Naturgeister – Elfen, Feen, Zwerge und Trolle – scharten sich um sie und begrüßten sie als die Braut ihres Königs. Als Vero sie schließlich unter seiner Eiche umarmte und küsste, wusste Veronika, dass sie ein neues Zuhause gefunden hatte. Glücklich küsste sie ihn wieder. Dann nahm er sie mit in sein Baumschloss, wo in derselben Nacht ein prächtiges Hochzeitsfest gefeiert wurde.

Noch heute lebt Veronika mit ihrem Gemahl in der Eiche.

Der Papagei

In einer Königsstadt am Meer lebte einst eine Prinzessin, die an Schwermut litt, da sie keine Gefährten hatte – keine Schwestern, keine Brüder und auch keine Freunde. Sie verbrachte ihre Tage damit in die Karten zu schauen oder den Sternenhimmel zu beobachten, um von dort zu erfahren, ob bald eine Erlösung aus ihrer Langeweile käme.

Eines Tages erschien der Gaukler Kucko bei Hofe, der Kunststücke mit einem sprechenden Papagei namens Rosario vorführte, welcher in den Farben Blau, Gelb und Rot wunderbar leuchtete. Die Prinzessin erwachte aus ihrer trüben Laune und vernarrte sich in das Tier. Sie bat den Gaukler, den Vogel ihren Namen lehren zu dürfen.

„Amalia, du bist mein Leben", krächzte der Papagei, legte den Kopf schief und schaute das Mädchen treuherzig an.
„Einen Freund wie dich brauche ich!", rief die Prinzessin und bestürmte ihre Eltern, dem Gaukler das Tier abzukaufen.
„Ich gebe meinen Rosario nicht für alle Schätze der Welt her", beteuerte dieser. Mit dem Papagei habe es eine besondere Be-

wandtnis und er sei nicht mit Gold aufzuwiegen.

Da legte sich Amalia auf ihr Lager und stand nicht wieder auf. Sie bekam hohes Fieber; der Leibarzt fürchtete um ihr Leben. Der fremde Mann wurde gerufen.
„Schau meine Tochter an", hielt ihm der König vor. „Wenn du uns diesen unseligen Papagei nicht verkaufst, wird sie sterben."
„Rosa... Rosario", stöhnte die Prinzessin.
Kucko der Gaukler sah aus als habe er eine giftige Kröte verschluckt, aber er antwortete mit sanft säuselnder Stimme:
„Wenn sie ihn so sehr liebt, dann kann ich nichts machen, ich muss ihn ihr schenken. Euer Gold behaltet für euch!"

Amalia wurde augenblicklich gesund. Die Königin machte dem Gaukler ein Gegengeschenk: Sie gab ihm ihren weisen Affen, der rechnen konnte.
„Zieh hin in Frieden, Kucko", rief der Papagei seinem früheren Herrn nach und flog auf Amalias Schulter.

Die Prinzessin war mit ihrem Vogel überaus glücklich. Es stellte sich heraus, dass er verständig war wie ein Mensch und sie sich mit ihm über jedes beliebige Ding unterhalten konnte. Einmal fragte sie ihn, ob er wisse,

wie die Welt entstanden sei. Da erzählte er
ihr die Geschichte vom Schöpfungsei, dem
alles Sein entsprungen sei. Am Ende gestand
er Amalia seine Liebe.

„Ich liebe dich auch, Rosario", erklärte das
Mädchen. „Wärest du nur ein Mensch! Ich
würde dich auf der Stelle heiraten!"
„Wenn's weiter nichts ist... dieser Wunsch
kann dir erfüllt werden. Du musst wissen,
dass ich in Wahrheit ein Prinz bin und auf
Erlösung warte."
„Ich hoffte es! Und wie kann ich dir helfen?",
fragte die Prinzessin, vor Erregung zitternd.
„Oh, dazu braucht es nur eines: Man soll diesem Vogel, der ich bin, die Kehle durch-
schneiden."
Amalia schrie entsetzt auf.
„Mein Liebstes könnte ich so grausam töten
lassen?! Niemals!"

Der Papagei bat sie ihm zu vertrauen, aber
die Prinzessin weigerte sich standhaft, auf
sein Verlangen einzugehen. Vierzig Tage lang
flehte er sie an seine Bitte zu erfüllen. Endlich gab sie nach. Von fieberhafter Hoffnung,
aber auch von entsetzlicher Angst erfüllt, ließ
sie den Koch kommen und befahl ihm:
„Schneide diesem Vogel die Kehle durch! Er
hat mich geärgert."

Der Koch wunderte sich sehr, aber er führte den Auftrag aus. Wie groß war jedoch seine Verblüffung, wie groß Amalias Entzücken, als sogleich ein junger Mann vor ihnen erschien, in prächtige Gewänder in den Farben Blau, Gelb und Rot gehüllt. Er war klein, hatte eine kräftige Hakennase und einen verwachsenen Rücken, aber die Prinzessin fiel ihm sogleich um den Hals und herzte und küsste ihn.

„Mein Geliebter! Endlich sind wir vereint!", rief sie. „Ich bin die glücklichste Frau der Welt! Nun verrate mir aber deine Geschichte. Welcher böse Zauberer hatte dich verwandelt?"
„Es war Kucko der Gaukler, der in Wirklichkeit ein mächtiger Magier ist", erklärte Rosario. „Einst war er mein Freund, aber als er in seinen Karten las, dass ich eines Tages dich, Amalia, heiraten würde, verfolgte er mich mit seinem Hass und verzauberte mich in einen Papagei. Er nötigte mich mit ihm zusammen aufzutreten, indem er mir versprach, am Hofe deiner Eltern seine Künste vorzuführen. Höhnisch stellte er mir dabei in Aussicht, dass ich in meiner Tiergestalt keine Chancen als Liebhaber bei dir hätte. Und wenn dem doch so wäre, dann müsstest du zuerst den Papagei töten lassen, ehe ich wieder ein Mensch werden könnte."

„Welche Boshaftigkeit!", entsetzte sich die Prinzessin. „Warum dieser Hass?"
„Kucko war selbst verliebt in dich."
„Wie das? Er kannte mich doch gar nicht."
„Oh doch! Er besaß eine magische Kristallkugel, in der er jeden Ort und jeden Menschen auf der Erde sehen konnte. Aber ich weiß, dass Kucko seine Zauberkräfte in dem Augenblick verloren hat, als der Koch die Kehle des Papageis durchschnitt, der ich war. Dass dies geschehen würde, hat er mir einmal verraten, als er zuviel Wein getrunken hatte."

Rosario fragte Amalia, ob sie ihn immer noch heiraten wolle.
„Auf der Stelle, mein Geliebter!", antwortete diese und fiel ihm erneut um den Hals. Das Paar begab sich zu den königlichen Eltern. Höchst erstaunt hörten sie die Geschichte des Prinzen an. Gerne gaben sie anschließend die Erlaubnis zu Rosarios Eheschließung mit ihrer Tochter, zumal da sie von ihm erfuhren, dass er der Erbe eines großen Reiches war.

Und so feierte bald das ganze Land die prächtige Hochzeit von Prinzessin Amalia und Rosario dem Papageienprinzen, wie ihn die Menschen nannten.

Der Truthahn

Die jugendliche Königin von Alima, die früh verwitwet war, begab sich eines Tages in ein Dorf nahe ihrem Schloss. Sie wollte einer kranken Bäuerin ein Heilkraut bringen, das im Schlossgarten wuchs. Die hohe Frau war als Wohltäterin ihrer Untertanen weit über ihr Reich hinaus bekannt.

Im Hofe der Bäuerin balzte ein Truthahn. Eine Henne war aber weit und breit nicht zu sehen. Das Tier spreizte seine Federn vor der Herrscherin – fast hätte man denken können, es tanzte für sie.

„Dieser Puter benimmt sich wie verrückt, seit ich bettlägerig bin", sagte die Kranke verärgert. „Sobald ich mich wieder bewegen kann, werde ich ihm den Hals umdrehen und ihn in die Bratröhre stecken."

„Um Gottes willen, nein!", rief die Königin. „Gib ihn mir, du sollst eine gute Milchkuh dafür erhalten. Mit dem Tier hat es eine besondere Bewandtnis, das fühle ich! Ich habe es schon jetzt liebgewonnen."

Die Bäuerin schüttelte insgeheim den Kopf. Aber die Königin war eine gute Herrin – mochte sie doch tun, was ihr für recht erschien!

„Wenn Ihr meint, Majestät... Eine Milchkuh wird mir sicher nützlicher sein als dieser Truthahn da. Nehmt ihn nur mit, ich bin froh, wenn ich ihn los bin.“

Die Königin schickte einen Diener nach einem Käfig und nahm den großen Vogel mit in ihr Schloss. Unter dem Fenster ihres persönlichen Gemachs ließ sie ein Gehege einzäunen und verbot dem Koch bei schwerer Strafe, den Puter zu schlachten. Jedes Mal, wenn sie sich zeigte, fing dieser an seine Balz zu tanzen. Die Königin fühlte sich hiervon tief berührt. Oft machte sie sich Gedanken darüber, was es mit diesem Verhalten auf sich haben könnte.

Als der Truthahn sich auch nach Wochen immer gleich aufführte, rief die Herrscherin die Weisen des Landes zusammen um sie zu befragen. Die meisten mutmaßten einen bösen Zauber, doch konnten sie sich über die Ursachen nicht einigen. Der eine riet der Königin dies, der nächste das, doch was sie auch ausprobierte um dem Tier zu helfen, nichts fruchtete. Am selben Abend erschien aber eine alte Frau bei Hofe, die noch nie zuvor dort gesehen worden war.
„Dieser Vogel ist in der Tat ein verzauberter Prinz, verehrte Herrin“, behauptete sie, „aber bei seiner Verwandlung handelt es sich nicht

um einen bösen Zauber, sondern um die Folge einer Missetat."

„Du versetzt mich in Erstaunen. Weißt du denn einen Weg, wie ich herausfinden kann, ob du wirklich Recht hast?"

„In meinem Heimatlande gab es vor langer Zeit einen hochmütigen König, der eines Tages nach einem heftigen Streit den König der Truthähne zu einem Gastmahl einlud", erzählte die Alte. „Er gab vor sich mit ihm versöhnen zu wollen, doch stattdessen forderte er ihn erneut heraus, indem er ihm ein Gericht aus Putenfleisch vorsetzte. Bietet Eurem Puter solches Fleisch zu fressen an – sollte er jener Prinz sein, so wird etwas geschehen, dessen könnt Ihr gewiss sein."

Die Königin führte noch in derselben Stunde den Rat der weisen Frau aus. Als dem Truthahn aber das Fleisch einer Pute vorgeworfen wurde, stieß er alsbald einen lauten, kreischenden Schrei aus, stürzte zu Boden und verendete.

Kurz darauf tat es einen dröhnenden Donnerschlag und vor der Königin erschien ein in kostbare Gewänder gehüllter Mann mittleren Alters. Er lächelte ihr glücklich zu und rief aus:

„Hab Dank, tausend Dank, geliebte Frau! Dieser Fluch lastete viele hundert Jahre lang auf mir. Durch dich bin ich nun endlich, endlich erlöst!"

Er kniete vor ihr nieder und bat sie um ihre Hand. Die Königin sagte sofort ja, denn sie wusste, dass sie in dem balzenden Vogel in Wahrheit ihren menschlichen Bräutigam geliebt hatte.

Am nächsten Tag und an vielen folgenden wurde im Lande Alima fröhlich gefeiert, denn das Reich hatte endlich wieder einen König.

Die Schildkröte

Anjas Schildkröte hieß Eros, nach ihrem Lieblingssänger. Das Mädchen besaß das Tier schon seit ihrer frühen Kindheit, liebte es innig und versorgte es voller Hingabe. Eros lebte in einer Kiste, die jeden zweiten Tag von seiner Besitzerin gesäubert wurde und erhielt die besten Leckerbissen an Obst und Salat. Wenn Anja Zeit hatte und das Wetter schön war, durfte die Schildkröte frei im Garten laufen. Sie bewegte sich dort für gewöhnlich nur in einem Umkreis von wenigen Metern nahe der Terrasse.

An einem heißen Sonnabend im Sommer setzte Anja ihren Eros wieder einmal hinter dem Hause ins Gras, das ihr Vater am Morgen frisch gemäht hatte. Sie selbst ließ sich in einem Liegestuhl im Schatten nieder um ihr Tier in aller Ruhe zu beobachten und sich an ihm zu freuen. Da geschah etwas völlig Unvorhergesehenes: Eros lief plötzlich auf das Gebüsch am Rande des Nachbargrundstücks zu und verschwand dort im Unterholz!

„Eros!", schrie Anja außer sich vor Angst, „Eros, wo hast du dich versteckt?"
In aller Eile holte sie ein frisches Salatblatt vom Gemüsebeet, legte sich auf den Bauch

und stocherte vorsichtig mit einem Stock, an dessen Ende sie den Salat aufgespießt hatte, im Gestrüpp herum. Vergebens!

Lange bemühte sich das Mädchen in wachsender Verzweiflung ihren kleinen Gefährten zu finden. Endlich sah sie ein, dass die weitere Suche sinnlos war. Die Schildkröte blieb verschwunden, wie vom Erdboden verschluckt. Schluchzend kehrte Anja ins Haus zurück.

„Sei nicht traurig", versuchte ihre Mutter sie zu trösten, „morgen kaufen wir dir eine neue Schildkröte."

„Ich will keine neue Schildkröte, ich will meinen Eros!", weinte Anja. „Er ist mir so lieb wie der beste Freund!"

In der folgenden Nacht träumte sie von ihrem Haustier. Vor ihren Augen verwandelte es sich in einen schönen jungen Prinzen. Er hatte dunkle, lockige Haare, braune Augen und lächelte ihr voller Liebe zu.

„Ich grüße dich, Anja, mein Name ist Raffaele", hub er zu sprechen an. „Verzeih mir bitte, dass ich dir solchen Schmerz zugefügt habe. Ich wollte jedoch nicht für immer in der Gestalt einer Schildkröte verbleiben."

„Ist denn das, was ich jetzt sehe, deine *wahre* Gestalt?", erkundigte sich das Mädchen.

„Ja, so ist es. Du musst wissen, dass ich früher einmal den König der Schildkröten verlachte wegen seines langsamen Ganges. Er wurde darauf sehr zornig und verwandelte mich zur Strafe für meine Unverfrorenheit in seinesgleichen. ,Du wirst erst wieder du selber sein‘, kündigte er mir an, ,wenn es dir gelingt die Liebe eines menschlichen Wesens zu erlangen.‘“

„Ich habe Eros sehr geliebt, Raffaele.“

„Das weiß ich, und darum konnte ich Erlösung finden. Ich liebe dich auch, Anja, mehr als ich es sagen kann. Nun würde ich dich gerne zu mir in mein Reich holen, aber...“

„Ich möchte sehr gerne zu dir kommen!“, rief das Mädchen voller Sehnsucht.

„Das ist nicht möglich, Liebes. Mein Reich liegt bei einer heimlichen Quelle im Lande der Fantasie. Dorthin gelangt kein Sterblicher zu seinen Lebzeiten. Es gibt jedoch eine andere Wahl: Ich könnte als Mensch vor dir erscheinen und bei dir bleiben, solange du lebst. Du brauchst es dir nur zu wünschen.“

„Oh ja, ja, ja, das wünsche ich mir!“, freute sich Anja.

„Dann hab nur ein wenig Geduld und Vertrauen. Ich muss manches vorbereiten.“

Anja erwachte mit einem Gefühl der Zuversicht im Herzen. Sie wusste, dass etwas

Wunderbares geschehen würde. Es war nur eine Frage der Zeit!

Sechs Monate vergingen. An einem schneereichen Wintertag betrat ein neuer Schüler den Raum der Klasse 10a.
„Das ist Raffaele Fontana“, stellte ihn die Lehrerin vor. „Ich wünsche mir, dass ihr ihn freundlich in eurer Gemeinschaft willkommen heißt! Raffaele, der einzige freie Platz ist der neben Anja; würdest du dich bitte dorthin setzen?“

Anjas Herz klopfte zum Zerspringen – der junge Mann sah dem Prinzen aus ihrem Traum zum Verwechseln ähnlich! Braune Augen, dunkle, lockige Haare... Zudem hieß er ebenfalls Raffaele... Und bedeutete nicht „Fontana“ auf Italienisch „Quelle“? Ihr Traumprinz aber hatte von einem Reich bei einer heimlichen Quelle im Lande der Fantasie gesprochen. Kein Zweifel, er war es! Er war es wirklich!

Und richtig: Als Raffaele sich auf seinem Stuhl an ihrer Seite niedergelassen hatte, zwinkerte er dem Mädchen wie ein Verschwörer zu und kritzelte etwas auf einen Zettel. Diesen schob er ihr heimlich zu. Sie las: „Eros!“

„Eigentlich ist Anja noch ein bisschen jung für die Liebe", sagte ihre Mutter zu ihrem Vater. „Aber ein Gutes hat diese Geschichte doch: Seit sie mit Raffaele geht, ist keine Rede mehr von dieser unglückseligen Schildkröte."

Nun, Anja wusste es besser...

Die Mücke

In einem alten Reich im Osten lebte vor langer Zeit ein junger Königssohn namens Nurrayama. Er sollte bald den Thron seines Vaters erben, der hochbetagt und krank war. Des Königs Großwesir, der Magier Kulgar, bereitete schon die Krönungsfeierlichkeiten vor, da erschien dessen Feind, der Zauberer Holofax, bei Nurrayama.

„Oh Prinz", sagte Holofax hinterhältig lächelnd, „es ist nicht gut, dass ein König ohne Gattin regiere. Schau meine schöne Tochter an: Bethe liebt dich seit langem. Heirate sie, und deinem Land wird alles Glück der Welt widerfahren."

In Wahrheit wollte der Zauberer den Magier Kulgar verderben und auf dem Wege über Bethe selber Großwesir werden. Doch Nurrayama kannte seinen Charakter und auch den seiner Tochter.

„Oh Holofax", antwortete er, „ich kann deine Tochter nicht heiraten, denn sie liebt niemanden als sich selbst und ihre Schönheit ist kalt wie Eis."

Der Zauberer schnitt eine wütende Fratze und brach in wildes Gelächter aus.

„Nun wohl, wenn du das schönste Mädchen unter der Sonne verschmähst, dann sollen in Zukunft die Menschen auch dich verachten! Tausend Jahre lang sollst du ein elender Blutsauger sein, bis einst, in ferner Zukunft, ein junges Weib dich töten wird!"

Ein Blitz fuhr vom Himmel nieder und Holofax verschwand. Der Prinz aber verlor die Besinnung. Als er wieder erwachte, hatte er die Gestalt einer winzigen Stechmücke.

Die verwunschene Mücke starb nicht, wie andere ihrer Art im Herbst es tun. Sie lebte weiter, Jahr für Jahr, Jahrhundert um Jahrhundert. Zu ihrem Unglück besaß sie das Herz und den Verstand eines Menschen und litt unsäglich unter diesem Fluch.

In einer Nacht im Sommer des Jahres **** wehte eine laue Brise den Prinzen Nurrayama in das Schlafzimmer eines jungen Mädchens. Pamela las einen Liebesroman beim Schein ihrer Nachttischlampe. Sie stellte sich den Helden vor: groß und wohlgebaut, dunkelhaarig, mit braunen Augen... Er war sanft wie eine Taube und mutig wie ein Löwe... Warum gab es solche Männer nicht in ihrer Wirklichkeit?

Nurrayama wurde von einem überwältigenden Gefühl ergriffen. Der Anblick des Mädchens rührte ihn zutiefst. Sie war zart, weißhäutig und goldblond – ein solch anmutiges Wesen hatte er noch nie gesehen! Kein Zweifel, er war dabei sich zu verlieben! Aber was sollte er nun tun? Er war doch noch immer eine Mücke!

„Wenn ich schon nichts anderes vermag, dann will ich wenigstens ihr Blut trinken", dachte er traurig. Er wartete bis sie das Licht gelöscht hatte und suchte eine Körperstelle, an der er dem Menschenkind nicht wehtun würde. Schließlich stach er Pamela ins Ohrläppchen. Das Mädchen spürte den Stich aber doch und schlug zu. Die Mücke wurde zerquetscht...

Pamela hörte ein Geräusch und schaltete ihr Nachtlicht wieder ein. Bei ihrem Bett stand ein junger Mann! Er war groß und wohlgebaut, dunkelhaarig, mit braunen Augen... Träumte sie? Dann sollte dieser Traum niemals enden!

Der Fremde lächelte ihr schüchtern zu.
„Ich... verzeih... ich heiße Nurrayama. Ich war... verzaubert... ich kann alles... erklären. Bitte... verjage mich nicht!"

„Oh nein, bleib hier!", rief Pamela erregt. Ihr Herz pochte bis zum Halse. „Ich muss wissen, wer du bist! Bist du ein lebendiger Mensch oder ein Traumgebilde?"

Da er sah, dass die Geliebte ihn nicht vertrieb, fasste Nurrayama Mut und erzählte:
„Ich bin ein Mensch, ein verwunschener Prinz und ich stamme aus einem längst versunkenen Reich. Ein hinterhältiger Magier verwandelte mich vor tausend Jahren in eine Mükke, weil ich seine boshafte Tochter nicht heiraten wollte."

Pamela blieb vor Staunen sprachlos. Der Prinz dachte, dass es wohl angebracht sei ihr mehr zu erklären. Nurrayama beschrieb sein Reich, das Leben bei Hofe, die Menschen, die in seinem Lande gelebt hatten und die Machenschaften des Zauberers Holofax. Dieser habe ihm hohnlachend seinen Tod vorausgesagt, aber nun sei er erlöst!

Das Mädchen hörte mit großen Augen zu.
„Mein Leben in dieser Zeit ist öde und eintönig", klagte sie. „Ich habe keine Familie mehr und keine echten Freunde. Tagaus, tagein sitze ich in einem Großraumbüro und tippe Briefe. Meine einzige Freude in meiner freien Zeit ist das Lesen. Ich ziehe Liebesromane vor und träume mich gerne im Wachen in die

Geschichten hinein. Nach einem Mann wie du es bist habe ich mich immer gesehnt!"

„Und *du* bist die Frau, von der ich nie zu träumen gewagt habe", sagte der Prinz . „Wie heißt du?"
„Pamela."
„Was für ein wunderschöner Name für das anmutigste Wesen auf der Welt! Ich liebe dich, Pamela. Liebst du mich auch? Und wünschst du dir eine Zukunft mit mir?"
„Oh ja, ja, ja!", rief das Mädchen. „Aber wie soll das gehen? Wie könnte diese Zukunft aussehen? Du würdest dich im Leben dieser Zeit niemals zurechtfinden. Ich spüre ganz genau, dass du nicht dafür gemacht bist."

„Und darum werde ihr beide mit mir in die Vergangenheit zurückkehren", ließ sich eine wohlklingende Stimme vernehmen.
„Kulgar!", freute sich der Prinz. „Ich wusste, dass du uns beistehen würdest!"
Pamela schaute sich im Zimmer um.
„Ich habe eine freundliche Stimme gehört, aber wo ist der Mann? Wer ist er? Warum kann ich ihn nicht sehen?", fragte sie.
„Es handelt sich um meinen Großwesir, den Magier Kulgar", erklärte der Prinz. „Ich habe dir vorhin von ihm erzählt."
Dann wandte er sich an den immer noch Unsichtbaren:

„Lebt mein Vater noch, lieber Freund?"
„Er ist gestern gestorben", antwortete Kulgar.
„Es wird Zeit, dass du heimkehrst und deine
Braut mit dir führst. In einem nämlich hat
Holofax Recht: Es ist nicht gut, dass ein Kö-
nig ohne Gattin regiere. Bringst du Pamela
mit, so wird ihm der Mund verschlossen.
Seine Zaubermacht über dich aber ist gebro-
chen, seit deine Liebe dich verwandelt hat."

Und so geschah es, dass in einer lauen
Sommernacht des Jahres **** das Mädchen
Pamela aus seiner Zeit verschwand und nie
mehr gesehen ward.

Die Kakerlake

Teresa nahm einen Schluck heißen Kaffee und wollte eben mit Behagen in ihr Honigbrot beißen, da entfuhr ihr ein Schrei: Eine fette Kakerlake saß, wie aus dem Nichts angeflogen, auf der Brotscheibe! Angeekelt ließ die Lehrerin das Brot auf den Teller zurückfallen. Das Tier aber blieb darauf sitzen.

Das war merkwürdig! Warum flog es nicht auf? Hatte es etwa keine Angst? Teresa wurde neugierig und begann, sich das Insekt genauer anzuschauen. Es hatte leuchtend grüne Augen, die ihren Blick zu erwidern schienen.

„Na, du? Wie kommst denn du hierher?", hörte die Frau sich fragen und wunderte sich über sich selber. War sie nicht recht bei Troste, mit einem solchen Tier zu reden? Plötzlich vernahm sie eine Antwort! Die Stimme klang von irgendwoher, während die Kakerlake sie unverwandt anschaute und sich nicht bewegte:
„Ich heiße Rezo und bin ein verwunschener Prinz. Bitte, schlag mich nicht tot!"

Teresa brauchte eine Weile, bis sie sich gefasst hatte. Dann antwortete sie:

„Ich töte doch kein Tier, das sprechen kann.“
„Dann lass mich etwas von deinem leckeren Frühstücksbrot essen, ich habe Hunger.“
„Bediene dich, ich mache mir ein frisches.“

Die Kakerlake begann an Teresas Brot zu knabbern. Diese wollte ihren Augen nicht trauen: Nach jedem Biss, Stück für Stück, wandelte sich das Insekt allmählich um. Zuerst verschwanden die Flügel und ein Paar Beine, dann richtete es sich auf. Es wuchs und wuchs und nahm nach und nach menschliche Gestalt an. Am Ende stand vor der Lehrerin ein stattlicher Mann in ihrem Alter, ungefähr vierzigjährig. Er trug eine silberne Ritterrüstung. Leuchtend grüne Augen waren das einzige Merkmal, das an die Kakerlake erinnerte. Deren Hülse lag auf dem Küchentisch neben dem halbverzehrten Honigbrot.

Teresa rang nach Luft. Sie zwickte sich selbst fest in den Arm um festzustellen, ob sie vielleicht träumte.
„Re-Re-Rezo?“, stammelte sie schließlich. „Bist du Rezo?“
„Ja, natürlich bin ich der. Wie heißt denn du?“
„Mein Name ist Teresa und ich sollte eigentlich seit einer Viertelstunde in der Schule sein, denn ich bin Grundschullehrerin. Warte

einen Augenblick, ich werde mich krankmelden."

Der erlöste Prinz beobachtete mit verständnislosem Blick, wie sie in den Telefonhörer sprach. Sie habe starke Kopfschmerzen und fühle sich schwindlig, teilte sie einer unsichtbaren Person mit.

„Ich wusste gar nicht, dass es in eurer Zeit ebenfalls Magie gibt", sagte er verwundert, als Teresa den Hörer wieder aufgelegt hatte.

„Das ist keine Magie, aber natürlich musst du es dafür halten", schmunzelte diese. „Und übrigens, Kopfschmerzen bereitest *du* mir tatsächlich, und Schwindelgefühle auch. Ich glaube fast, du gefällst mir. Nur... was soll ich jetzt mir dir anfangen? So, wie du aussiehst, kann man dich nicht auf die Menschheit loslassen."

„Ich möchte dir zunächst einmal erzählen, warum ich hier bin. Dann wird sich gewiss eine Lösung finden."

„Sprich! Ich platze ohnehin schon vor Neugier!"

Rezo erklärte, eine Fee namens Azoide habe ihn vor langer Zeit für eine schlimme Tat bestraft. Um aus seiner ekelerregenden Gestalt befreit zu werden, habe er die wohlwollende Aufmerksamkeit einer guten Weibsperson erregen müssen und habe sich daher immer wieder in höchste Lebensgefahr begeben. Was sein Verbrechen gewesen war, wollte er nicht preisgeben – er habe dafür gebüßt und nun dürfe er wieder als ein Mensch leben. Allerdings in dieser jetzigen Zeit und, wenn es nach ihm ginge, zusammen mit der Frau, die ihn erlöst habe. Ob das wohl möglich sei? Oder hatte Teresa einen Mann?

„Ich hatte einen, aber er hat mich verlassen, weil wir keine Kinder bekommen konnten“, sagte die Lehrerin. „Ich bin nicht abgeneigt, eine zweite Ehe zu wagen – mit dir!“
Rezo wurde flammend rot vor Freude.
„Du sagst also ja?“
„Ja! Aber bevor du mich in die Arme nimmst, musst du diese Rüstung ablegen. Auf blaue Flecken kann ich nämlich verzichten, und außerdem kannst du dich auf der Straße sowieso nicht darin sehen lassen. Warte einen Moment, ich glaube, ich habe noch ein paar Kleidungsstücke von meinem geschiedenen Mann im Schrank. Und dann müssen wir dir dringend eine bürgerliche Existenz verschaffen, denn vom Turniere fechten kannst du heutzutage nicht leben.“

„Du brauchst dich nicht zu bemühen!“, lachte der Prinz, „schau her!“
Teresa traute ein zweites Mal ihren Augen nicht: Rezo stand plötzlich im eleganten hel-

len Sommeranzug, mit feingestreiftem Hemd und einer Krawatte im Grün seiner Augen in ihrer Küche. Aus einer schwarzen Aktentasche zog er einen Reisepass und ein Bündel Dokumente, aus seiner Jackentasche ein Smartphone.

„Dieses Ding hier wird mir die Fee Azoide in der kommenden Nacht im Traum erklären", grinste er spitzbübisch, „und was ein *Compu-ter* ist und wie er funktioniert, auch. Ich bin nämlich ein Fachmann für sowas."
„Gib her!", schrie die Lehrerin und riss Rezo die Papiere aus der Hand. Sie staunte nur noch mehr: Es handelte sich um einen echten Reisepass der Bundesrepublik Deutschland, ausgestellt auf einen Reginald Zoroaster von Quedlin, versehen mit einem Foto, das eindeutig Rezo zeigte, sowie ein Abiturzeugnis mit Notendurchschnitt 1,0 und verschiedene Urkunden deutscher und ausländischer Hochschulen, ausgestellt auf denselben Namen.

„Reginald Zoroaster von Quedlin, ha, ha, ha", kicherte die Lehrerin. „Deine adligen Eltern müssen Anhänger von Zarathustra gewesen sein, beziehungsweise, deine Fee hat Humor, ha, ha, ha. Gestatte, dass ich dich weiterhin Re-Zo nenne, mein Liebster."

„Teresa, du bist ein freches Monster, aber jetzt werde ich dir den Mund verschließen!“
„Und wie willst du das anstellen, du ehemalige Kakerlake, du?“
„Das wirst du gleich erfahren! Jetzt werde ich dich nämlich endlich küssen!“

Einige Tage später begab sich ein sehr albern verliebtes Paar mittleren Alters zum Standesamt um das Aufgebot zu bestellen. Die Kakerlakenhülse aber fand ihren Platz in einer kleinen Schmuckschatulle aus Porzellan. Teresa verwahrte sie bis an ihr Lebensende in ihrem Nachtschränkchen...

Der Frosch

In einem kleinen Ort im Lande Sana lebte einst eine junge Spinnerin mit Namen Katharina. Sie hatte nur das Notwendigste zum Leben, doch war sie zufrieden, denn sie tat ihre Arbeit gern. Das Mädchen wohnte mit ihrem Vater, der ein jähzorniger und griesgrämiger Mann war, in einer Hütte am Rande des Dorfes, wo sie selten ein Mensch besuchte.

Eines Morgens im Frühjahr machte die Spinnerin sich auf zum Marktplatz, um Wasser aus dem Dorfbrunnen zu schöpfen. Um diese frühe Stunde war noch niemand dort. So wunderte sich das Mädchen, als sie eine quakende Stimme vernahm, die ihr zurief: „Katharina, nimm mich mit zu dir nach Hause! Bade mich!"

Als sie sich suchend umschaute, fand sie auf dem Brunnenrand einen Frosch sitzen. Katharina hatte ein gutes Herz. Sie verbarg das Tier mitleidig in ihrer Schürze, um es in ihre Kammer zu bringen. Sie nahm sich aber davor in Acht, von ihrem Vater ertappt zu werden, der gewiss erzürnt gewesen wäre, wenn er den Frosch gesehen hätte.

Als sie das kleine Tier in eine Waschschüssel mit Wasser gesetzt hatte, fing dieses sogleich zu wachsen an. Sein Kopf erhielt immer menschlichere Züge, sein Körper nahm menschliche Gestalt an. Schließlich stand ein splitternackter junger Mann vor dem Mädchen!

Katharina unterdrückte einen Schrei – um alles in der Welt durfte ihr Vater sie nicht hören!

„Verzeih, ich wollte dich nicht erschrecken", sagte der Frosch-Mann, „meine Kleider sind schon unterwegs."
Und in der Tat: Aus dem Nichts erschien ein vornehm gekleideter Bediensteter und brachte ein fürstliches Gewand für den Jüngling und auch ein kostbares Kleid für Katharina.

„Du hast mich erlöst, Katharina. Ich habe lange darauf gehofft, denn ich beobachte dich seit Jahren", erklärte der Prinz. „Mein Name ist Erado von Mellenien. Du gefällst mir schon immer, und mehr als ich es in Worten ausdrücken kann. Magst du meine Gemahlin werden?"
„Ich... das kommt alles so überraschend für mich... ich kann noch nicht begreifen, was geschehen ist. Warum warst du ein Frosch?"

„Ein gerechter Zauberer verwandelte mich wegen einer schweren Verfehlung gegen meine Pflichten als Erbprinz.“

„Aha. Aber jetzt bist du geläutert?“, wollte das Mädchen wissen.

„Ich war dreihundert Jahre lang ein Frosch“, antwortete Erado. „Das reicht wohl.“

„Hm… wenn ich ehrlich sein soll… im Augenblick kann ich rein gar nichts für dich empfinden. Bitte, gib mir etwas Zeit.“

„Bedenke doch, wenn du die meine wirst, musst du nie mehr spinnen, um einen kargen Lebensunterhalt zu verdienen. Und die Liebe wird sich schon mit der Zeit von selber einstellen, wenn du erst an meiner Seite lebst und die Mutter meiner Kinder bist.“

Katharina zog die Stirn in Falten. Die Rede des Prinzen gefiel ihr nicht so ganz. Sie gab mit fester Stimme zurück:

„Das Spinnen ist mir eine liebe Beschäftigung. Sollte ich deine Königin werden, dann möchte ich sie auf keinen Fall aufgeben!“

„Was, du willst arbeiten? Das ziemt sich aber nicht für meine Gattin. Ich wünsche, dass du dich um nichts anderes kümmerst als um das Wohl deines Gemahls und seiner königlichen Familie.“

„Oh“, machte Katharina, „dann tut es mir Leid. Einen Mann, der mir meine schönste

Betätigung untersagen will, kann ich auf keinen Fall heiraten."

Nun verlegte sich Erado aufs Bitten:
„Bedenke doch, Katharina, ich liebe dich! Und wenn du mich zurückweist, muss ich wieder ein Frosch werden! Die mich erlöst, soll mein Weib werden, so hat es der Zauberer bestimmt, der mich verwandelte. Nimmt sie mich nicht, so soll ich für alle Zeiten ein Tier bleiben."

Da empfand Katharina Mitgefühl mit Erado. Wenn sie ihn genauer betrachtete, gefiel er ihr auch durchaus: Er war schön von Angesicht und wohlgestalt und hatte eine angenehme tiefe Stimme. Nichts an ihm erinnerte mehr an den quakenden Frosch. Doch etwas in ihr warnte sie, dass sie in ihrer Ehe eine Gefangene sein würde, wenn sie nicht jetzt, von vornherein, eine klare Abmachung traf.

„Erado von Mellenien", sprach das Mädchen, „höre mir gut zu. Ich wünsche eine schriftliche Vereinbarung, in dem das Folgende festgelegt wird: Du hast in unserer Ehe nicht das Recht, mir etwas vorzuschreiben oder zu verbieten. Namentlich anerkennst du das Spinnen als eine Beschäftigung, die deiner Königin würdig ist."

Der Prinz verzog schmerzlich das Gesicht, aber Katharina blieb bei ihrem Verlangen, und wenn er nicht für alle Zeiten zum Frosch werden wollte, musste er auf ihre Bedingungen eingehen. Er hatte keine andere Wahl! Auch wollte er das Mädchen gar zu gerne heiraten, denn sie war von guter Art und überaus liebenswert.

„Also gut", sagte er, „es ist abgemacht. „Ich rufe sogleich meinen Rechtsgelehrten und meinen Schreiber, damit der Vertrag aufgesetzt und unterzeichnet werden kann."

So geschah es. Der Vertragstext wurde von dem Rechtsgelehrten verlesen, Erado setzte seinen Namen darunter und Katharina, die nicht hatte zur Schule gehen können, malte drei Herzen neben ihren Daumenabdruck. Dann erlaubte sie ihrem Bräutigam, sie in die Arme zu nehmen und zu küssen.

Im selben Augenblick betrat Katharinas Vater ihre Kammer. Als er seine Tochter in der Umarmung eines fremden Mannes ertappte, schickte er sich an laut zu schelten und diesen aus seinem Häuschen zu vertreiben. Aber Erado von Mellenien stellte sich mit einer artigen Verbeugung vor und erklärte ausführlich, was geschehen war.

Dem alten Mann verschlug es die Sprache. Als er sich schließlich gefasst hatte, hielt der Prinz bei ihm um Katharinas Hand an. Auch lud er den Vater ein, künftig bei ihm und seiner Gemahlin am Königshofe von Mellenien zu leben. Der Alte erkannte, dass aller Mangel für ihn und sein Kind fortan ein Ende haben würde und willigte mit Freuden ein.

Noch am selben Abend machte sich das verlobte Paar zusammen mit dem Brautvater gen Süden auf, wo in der Ferne das Land Mellenien lag.

Das Nashorn

An einem sonnigen Morgen ging die Prinzessin Elsa mit ihrem Gefolge in der Königsstadt spazieren, als plötzlich ein gewaltiger Tumult entstand. Man hörte ein lautes Schnaufen und Trampeln, schreiend stoben die Menschen nach allen Seiten auseinander. Ein gewaltiges Nashorn erschien, das zwischen den Ohren eine goldene Krone trug. Es hielt mitten im wilden Galopp inne, blieb genau vor der Prinzessin stehen und stierte sie an. Elsas Herz klopfte bis zum Halse, starr vor Schrecken erwiderte sie den Blick. Endlich begann das Tier mit grunzender Stimme zu sprechen:
„Du bist hässlich mit deinen langen, dünnen Armen und Beinen, Prinzessin, und doch finde ich dich liebenswert. Merkwürdig."

Elsa fasste sich mit Mühe. Ihr wurde klar, dass das Rhinozeros sie nicht angreifen wollte, sondern ihr sogar auf seine Art wohlgesonnen war. Vorsichtig antwortete sie:
„Es freut mich, dass ich dir als liebenswert erscheine. Weißt du, aus meiner Sicht bist auch du keine Schönheit. Du bist von grober Gestalt und hast zwei abstoßende Hörner auf deiner Nase."

Das Tier gab ein Geräusch von sich, das einem erheiterten Lachen ähnlich war.

„Ich bin Nemo, der Herrscher über die Nashörner und ich gelte als das ansehnlichste Rhinozeros weit und breit. Gerne würde ich dich aus deiner unglückseligen menschlichen Gestalt erlösen, Prinzessin Elsa."

Diese lachte ihrerseits, aber verlegen und verwirrt. Ihr Menschenkörper sollte abstoßend wirken? Wie absurd! Und doch... wenn sie ihn aus der Perspektive eines Nashorns zu betrachten versuchte...

Nemo schien zu lächeln. Er schaute dem Mädchen tief in die Augen.

„Du passt zu mir, Prinzessin, das spüre ich genau. Komm mit mir in mein Reich! Aus dir kann ein wunderschönes Rhinozeros werden und ich verspreche dir, dass du es keinen Tag deines Lebens bereuen wirst!"

Die umstehenden Hofleute und Bürger waren vor Erregung und Furcht außer sich. Niemand verstand ein Wort von dem, was das Ungetüm zu ihrer Prinzessin sagte. Hilfe tat not: Sie mussten das Tier fangen und in einen Käfig sperren! Der Seiler brachte ein großes, starkes Netz, welches mehrere Männer gemeinsam über Nemo warfen. Dieser aber zerriss die Maschen im Nu mit einer einzigen heftigen Bewegung und senkte drohend sein gewaltiges Haupt. Die Menschen flohen Hals über Kopf in ihre Häuser.

„Steig auf meinen Nacken, ich nehme dich mit, fort aus diesem Tollhaus", forderte das Nashorn Elsa auf. Die Prinzessin überlegte in Windeseile: Das Leben im Schloss war eintönig, die einzige Abwechslung stellten die Intrigen der Höflinge dar. Irgendwann würde irgendein alberner Prinz erscheinen und bei ihren Eltern um ihre Hand anhalten. Dann erwartete sie ein ähnliches Einerlei in einem ähnlichen Schloss... Warum nicht einmal ein echtes Abenteuer wagen? Nemo machte sie neugierig! Kurzentschlossen folgte sie der Einladung. Das Rhinozeros donnerte mit ihr davon...

Im ganzen Lande herrschte tiefe Trauer um die von allen geliebte Prinzessin. Die meisten Menschen glaubten, das Nashorn habe sie entführt. Bald nach ihrem Verschwinden starb der König aus Gram über den Verlust seiner Tochter. Die Königin, die nun das Land allein regieren musste, wurde ihres Lebens nicht mehr froh. Es verging kein Tag, an dem sie nicht voller Sehnsucht an Elsa dachte. Was mochte aus ihr geworden sein?

Drei lange Jahre vergingen. Eines Tages aber trotteten drei Nashörner mit gekrönten Häuptern, zwei erwachsene und ein kleines, in den Lustgarten der Königin und legten sich vor ihr nieder. Die Mutter erkannte Elsa an der Stimme, obwohl diese entstellt war.

„Mutter, ich bin sehr betrübt, dass ich dir und Vater so viel Leid verursacht habe. Bitte, verzeih mir, ich wollte euch nicht wehtun. Aber mein neues Leben wiegt dies alles auf: Ich bin das glücklichste Wesen unter der Sonne."

„So hast du dich also in ein Rhinozeros verwandelt, mein Kind? Wie kannst du in dieser Gestalt denn glücklich sein?", wunderte sich die Königin.

„Oh, Mütterchen, Nemo ist der zartfühlendste Gatte, den du dir vorstellen kannst. Kein menschlicher Mann könnte liebevoller sein als er. Ich möchte mit keiner Menschenfrau mehr tauschen!"

„Wenn dem so ist, meine liebe Tochter, dann will ich nicht länger trauern. Du hast einen guten Gefährten, da muss ich über die Gestalt wohl hinwegsehen."

Die drei Nashörner lachten grunzend. Das kleine forderte seine Großmutter zum Spiel auf – es bot sich ihr als Reittier an und lief mit ihr im Kreise, wobei es vor Vergnügen glucksende Laute ausstieß.

Sieben Tage lang blieben die drei Nashörner im Schloss, danach kehrten sie in ihr Reich zurück. Ihre Untertanen brauchten sie, erklärten Nemo und Elsa. Aber die Königin versprach ihnen einen Gegenbesuch und erkundigte sich genau nach dem Weg in das ferne Land. Das war der Beginn einer lang anhaltenden Freundschaft zwischen zwei sehr unterschiedlichen Reichen...

Der Blaue Elefant

Ratna Devi hütete ihre Kühe, wie jeden Tag. Sie saß im hohen Gras, schaute in den blauen Himmel und dachte an gar nichts. Um sie herum weidete die Herde, zusammengehalten von der Leitkuh. Es war ein schöner, trockener heißer Tag. Das junge Mädchen fühlte sich zufrieden und glücklich.

Mit einem Mal aber wurde ihre Stille durch ein Geräusch unterbrochen: Sie vernahm ein leises Trompeten wie von einem Elefanten. Die Hirtin schaute sich suchend um.

„Hier bin ich!", hörte sie eine feine Stimme neben sich im Gras. Tatsächlich – ein Elefant! Aber wie klein er war! Nur etwa so groß wie eine Maus, zudem von blauer Farbe.

„Bist *du* possierlich!", rief das Mädchen und nahm das Tierlein auf die Hand. „Ich glaube, du bist der Gott Ganesha, der sich mir in dieser wundersamen Gestalt offenbart."
„Ganesha bin ich nicht", erwiderte der blaue Elefant, „aber sehr wohl ein Gott. Ratna Devi, ich möchte dir von der Wirklichkeit erzählen, die die einzig wahre ist."
„Die einzig wahre Wirklichkeit? Wie soll ich das denn verstehen?"

„Die Realität befindet sich jenseits dessen, was deine Sinne dir vorspiegeln, und ist doch sein Kern. Sie ist das, was die Wirklichkeit, die du erfährst, lebendig macht.“

„Oh, sprich mir nicht von solchen Dingen! Genau so reden die Heiligen Männer, aber ich mag ihnen nicht zuhören. Ich sehe, was ich sehe und fühle, was ich fühle. Wenn ich einen kleinen blauen Elefanten wahrnehme, dann muss ich zwar einräumen, dass es ihn gibt, denn ich kann ihn schauen und berühren. Die ‚wahre Realität‘ aber entzieht sich meiner Erfahrung.“

„Vielleicht ist der blaue Elefant eine Sinnestäuschung, wie deine übrige Welt auch.“

Ratna Devi wurde ärgerlich.

„Willst du etwa behaupten, dass meine Kühe nur in meiner Fantasie existieren? Ich kann sie sehen, melken, ihre Milch trinken. Also sind sie Wirklichkeit.“

Der blaue Elefant lachte.

„Auch ich sehe deine Kühe und ich kann sie nur darum nicht melken, weil ich zu klein dafür bin. Aber in dem EINEN, das unteilbar ist, gibt es weder Kühe, noch kleine blaue Elefanten. Andersherum ist allerdings auch wahr, dass ALLES in dem EINEN enthalten ist.“

Ratna Devi runzelte die Stirn.

„Das kann ich nicht nachprüfen und so hat es keine Bedeutung für mich. – Lebst nicht du in einem Paradies?"

„Die Paradiese der Götter sind Orte der Freude, aber sie sind vergänglich und *maya* wie deine Menschenwelt", lächelte der Elefant. „Setze mich einmal in das Maul deiner Leitkuh."

„Sie wird dich verschlucken!", rief das Mädchen erschrocken.

„Das soll sie getrost tun. Merke auf, was geschieht!"

Ratna Devi tat, wie der Elefant es wünschte. Augenblicklich verschluckte ihn die Kuh. Gleich darauf jedoch entstieg ihrem Körper ein schöner junger Mann von blauer Hautfarbe, in einfacher Hirtenkleidung wie Ratna Devi.

„Krishna!", rief sie entzückt. „Womit habe ich es verdient, dass du mich besuchst?"

„Du bist ein Muster an treuer Pflichterfüllung und du gefällst mir sehr", erklärte der Gott. „Ich werde dir heute helfen deine Herde zu hüten. Am Ende dieses Tages aber möchte ich dich mitnehmen und dir die Wahre Realität erlebbar machen."

Das Mädchen schüttelte den Kopf.

„Die Realität ist für mich, wo meine Kühe sind. Jetzt.“

„Du willst also die Letzten Dinge nicht erfahren?“

„Meine Wahrheit ist, dass diese Tiere mich brauchen“, versetzte Ratna Devi. „Alles andere ist mir nicht wichtig. Außerdem – man erzählt sich, dass du tausend Gattinnen habest. Was soll da ich an deiner Seite?“

„Ich liebe dich! Ratna Devi, bitte, werde meine Lieblingsfrau!“

„Und für wie lange, Krishna? Wann wirbst du um die nächste? Nein, nein, nein, ich habe einen Bräutigam im Dorf, für den ich die Einzige bin. Ich möchte auch noch viele Leben leben, bevor ich mich mit der ‚Wahren Realität‘ befasse.“

Krishna blieb bei der Hirtin, bis der Abend dämmerte und bemühte sich wieder und wieder sie umzustimmen. Es gelang ihm nicht.

„Ich komme wieder, wenn du deine vielen Leben gelebt hast“, sagte er zum Abschied, nachdem alles nichts gefruchtet hatte. Der junge Gott hatte Tränen in den Augen. Er strich Ratna Devi übers Haar, verwandelte sich wieder in einen kleinen blauen Elefanten und segelte davon, seine großen Ohren wie Flügel benutzend.

Ratna Devi weinte ein wenig, denn sie verehrte den Gott sehr und es tat ihr Leid ihn bekümmert zu haben. Jedoch bereute sie ihre Entscheidung nicht. Sie trieb die Herde zur Nacht zurück ins Dorf und genoss ihre tägliche Schale Reis.

Ein Fels im Meer

Dort, wo das „Kreuz des Südens" am Himmel steht, auf einer Insel mit Namen Kukula, lebte einmal eine junge Prinzessin. Semiole war die einzige Tochter des Königs und es fehlte ihr an nichts. Dennoch quälte sie schon in sehr jungen Jahren eine heimliche Sehnsucht: Im Meer, vielleicht dreihundert Meter vom Strand entfernt in Richtung Osten, ragte ein hoher Fels auf. Zu diesem zog es sie hin, solange sie denken konnte. Häufig kam es auch vor, dass sie des Nachts von ihm träumte.

Der Fels war nicht immer dort gewesen. Die Inselbewohner sagten, er sei vor etwa fünfhundert Jahren durch vulkanische Kräfte aus dem Ozean gehoben worden. Man erzählte sich allerlei merkwürdige Dinge über ihn: Fischer wollten dort manchmal ein tiefes Seufzen gehört haben. Andere behaupteten, der Fels habe sich bewegt, als sie an ihm vorbeiruderten.

Wie alle Kinder der Insel lernte Semiole schon als kleines Mädchen schwimmen. Sie dachte dabei immer nur an eines: Sobald sie genügend Ausdauer besaß, wollte sie ihren Felsen besuchen.

Endlich, an ihrem zehnten Geburtstag, entfernte sie sich heimlich von der Festgesellschaft und schwamm zum ersten Male hinaus. Als sie erschöpft bei dem Felsen ankam, fand sie an seinem Fuß eine kleine Plattform, auf der sie sich niederlassen konnte. Dort saß sie fast zwei Stunden lang, ein großes Glück im Herzen, und lauschte dem Rauschen der Wellen und dem Schreien der Seevögel.

Auf der Insel wurde Semiole unterdessen verzweifelt gesucht. Aber nach ihrer Rückkehr erzählte die Prinzessin dem Vater nicht, wo sie gewesen war, obwohl dieser ihr mit drängenden Fragen zusetzte.
„Ich habe gebadet", war ihre einzige Erklärung.

In den folgenden Monaten entfernte sich Semiole fast täglich für einige Stunden. Man beobachtete sie heimlich, jedoch gelang es ihr stets erneut, zu einer verborgenen Stelle am Strand zu gelangen, um von dort aus zu ihrem Felsen zu schwimmen.

Eines Tages aber bemerkte ein Fischer sie auf der Plattform und erstattete dem Herrn der Insel Bericht. Dieser stellte seine Tochter

zur Rede. Die Prinzessin begann herzzerrei-
ßend zu schluchzen:
„Vater, verbietet mir nicht zu diesem Felsen
zu schwimmen! Ich bin dort so glücklich wie
nirgends sonst auf der Welt! Seit ich ein ganz
kleines Mädchen war, sehnte ich mich danach, an seinem Fuße zu sitzen. Bitte, bitte,
lieber Vater, erlaubt mir meine Ausflüge!"

Der König war ein strenger, aber gütiger
Mann und obwohl er die Grille seiner Tochter
unverständlich fand, gab er nach, denn er
sah, dass ihr ganzes Herz daran hing.

So schwamm Semiole tagein, tagaus, jahr-
aus, jahrein zu dem Felsen hinaus und saß
dort lange Stunden. Bei schlechtem Wetter
musste ein Boot sie begleiten und in der Nähe warten, um sie im Notfalle aufzunehmen.

An ihrem 17. Geburtstag war ein Wirbelsturm angesagt. Der König bat Semiole voller
Sorge, an diesem Tage ausnahmsweise im
Schloss zu bleiben, aber die Prinzessin rief:
„Bei meinem Felsen war ich immer sicher
und werde es auch heute sein!"
Ihr Vater ließ sie schließlich schwimmen,
denn er wollte seine Tochter nicht mit Gewalt
von ihrem Vorhaben abhalten.

Als sie auf ihrer Plattform saß, nahte sich mit großem Brausen das Unwetter. Für eine kurze Zeit befand sich die Prinzessin im Auge des Sturms, wo es völlig windstill war. Da erbebte mit einem Male der Fels, bei dem sie saß und aus seinem Inneren sprach eine tiefe Stimme:

„Ich bin der Fels, auf dem du sitzt.
Wär ich der Fels doch, der dich stützt!"

Dann war nur noch das Tosen der Wellen und das Rauschen des Regens zu hören, während der Wirbelsturm auf die Insel Kukula zuraste. Semiole umklammerte den Felsen, um nicht fortgespült zu werden. Ihr war als spreche er immer noch. Aber die Elemente tobten zu sehr; sie konnte nicht sicher sein. Das Boot, das sie begleitet hatte, war gekentert. Der Fischer suchte mit letzter Kraft Zuflucht auf der Plattform.
„Prinzessin, Ihr müsst verrückt sein!", brüllte der Mann durch Wind und Wellen.
Bald darauf legte sich der Sturm und Semiole küsste den Stein. Ohne ein Wort zu sagen glitt sie ins Wasser und schwamm zur Insel zurück.

Am nächsten Tage begab sich das junge Mädchen wieder hinaus. Und wieder redete der Stein, jedoch nur ein einziges Mal:

„Ich bin der Fels, auf dem du sitzt.
Wär ich der Fels doch, der dich stützt!“

So geschah es auch an den folgenden Tagen. Die Prinzessin flehte den Stein an weiterzusprechen. Sie fragte ihn, ob er ein verzauberter Mensch sei. Diese Vermutung bewegte sie schon lange. Aber über ein ganzes Jahr erhielt sie keine andere Antwort als den immer wiederholten selben Satz. Mit der Zeit wurde Semiole von tiefer Verzweiflung ergriffen.

Endlich, an ihrem 18. Geburtstag, vernahm sie die dreimal gesprochenen Worte:

„Küsst du mich, dann lebe ich!
Mit deiner Liebe wärme mich!
Lege deinen Arm um mich,
dann umarme ich auch dich!“

Bedeutete dies, dass eine Verwandlung des Felsens möglich war? Voller Hoffnung begann Semiole, den Stein zu umarmen und zu liebkosen. Zunächst geschah nichts, aber die Prinzessin ließ nicht ab. Schließlich wiederholte der Fels seinen Spruch noch einmal. Semiole fuhr mit ihren Bemühungen fort und nun wurde er allmählich weich, wurde biegsam, an seinem oberen Ende bildete sich ein Kopf mit einer Hakennase und feurigen Augen. Ein Paar menschliche Arme legten sich um die Prinzessin. Am Ende stand ein großer, vornehm gekleideter Mann in mittleren Jahren vor Semiole, verneigte sich vor ihr und küsste ihr die Hand.

„Ich bin Quartis, einst König von Angiana. Wegen meiner herzlosen Herrschaft über mein Volk wurde ich von einer zornigen Fee in diesen Felsen verwandelt. Umspült vom Ozean und durch deine Besuche gerührt, lernte ich zu fühlen und konnte endlich durch dich erlöst werden! Nun habe ich nur einen einzigen Wunsch, schöne Prinzessin: Werde meine Frau!"

Semiole errötete und sagte auf der Stelle ja.

„Du könntest der Vater meiner Tochter sein", stellte der König von Kukula fest, „aber ich sehe, dass sie dich geliebt hat und liebt, solange sie denken kann. Ich gebe dir daher ihre Hand und hoffe, dass du Semiole so glücklich machen wirst wie sie es verdient!" Quartis nickte schweigend und mit ernster Miene.

Bald wurde auf Kukula eine prächtige Hochzeit gefeiert. Da im Lande Angiana schon seit Jahrhunderten ein anderes Königshaus herrschte, blieb Quartis mit Semiole auf der Insel Kukula, wo sie glücklich miteinander

lebten bis ans Ende ihrer Tage. An der Stelle
aber, wo früher der Fels aus dem Meer ragte,
befand sich nur noch eine kleine Plattform,
zu der das Paar bei windstillem Wetter
schwamm um sich an vergangene Zeiten zu
erinnern...

Über die Autorin

Ines Nandi, geboren 1949 in der rheinischen Kleinstadt Eitorf, wuchs in Marburg, Hamburg und Köln auf und legte das Abitur 1967 in Paris ab. Nach dem Studium der Anglistik und Romanistik in Bonn erhielt sie 1975 „Berufsverbot" als Lehrerin wegen Unterstützung einer linken Gruppierung. Sie ist seit 1970 mit ihrem indischen Ehemann verheiratet und hat eine Tochter und drei Söhne sowie vier Enkel. Seit 1980 lebt sie als Familienfrau und Autorin in Laupheim/Baden-Württemberg.

Schon als Kind schrieb Ines Nandi kleine Geschichten für Geschwister und Freunde, als Jugendliche Märchen, Gedichte und Tagebücher. Im Jahre 1980 begann sie wieder zu schreiben: Romanversuche, Gedichte, Autobiografisches...

1980/81 buchte sie einen Fernkurs für Autoren, den sie einige Monate später abbrechen musste, da sie in eine über Jahre anhaltende psychische Krise geriet. Ihr autobiografischer Versuch „Die Jungfrau, die heiraten wollte", erschienen beim Autorenverlag Artep/Edition Lumen im Frühjahr 2006 unter dem Pseudonym „Agnes Auen", enthält eine tiefgreifende Auseinandersetzung mit dieser Krise. Ines Nandi sah ihr seelisches Ungleichgewicht von Beginn an auch als ein *spirituelles* Problem an und setzte sich über viele Jahre mit den

Weltreligionen und mit Themen der Esoterik auseinander. In diesem Zusammenhang entstand ihr erster Roman, „Zeiten-Sprung“, geschrieben 1998 und erschienen im Dezember 2004 beim Heimdall Verlag. Alle Arbeiten von Ines Nandi, sowohl die autobiografischen, die als eBooks über ihre Autoren-Homepage bestellt werden können, als auch die literarischen, sind von spirituellen Themen bestimmt.

Bisherige Veröffentlichungen:

„Hoffnung“. Gedichte mit eigenen Illustrationen, 2001 im Selbstverlag.
„Dreizehn Prinzen“. Erstfassung der vorliegenden Märchen mit eigenen Illustrationen, 2003 im Selbstverlag.
„Zeiten-Sprung“. Roman, 2004 beim Heimdall Verlag.
„Die Jungfrau, die heiraten wollte“. Autobiografische Notizen, 2006 beim Autorenverlag Artep/Edition Lumen.
„Die Wibbel-Wabbels kommen! Eine Geschichte für Kinder von 8 bis 88“. Als Buch 2011 bei Books on Demand, sowie als eBook, 2011 bei der Edition Lumen.
„Janas Weg“. Spiritueller Roman, 2011 beim Buchverlag Krefeld.

Webseite der Autorin:
www.autorin-ines-nandi.de

Das Kinderbuch „Die Wibbel-Wabbels kommen!"

Eines Abends fliegen ganz viele kleine, bunte, singklingende Wesen in ein Kinderzimmer herein. Sie kommen von den Plejaden und besuchen das Kristallkind Klara, um ihr zu helfen, Liebe und Freude in das Leben ihrer Eltern und ihrer Umgebung zu bringen. Klara nennt diese Wesen „Wibbel-Wabbels", weil sie sich ständig bewegen und ihre Form verändern. Ihr Wortführer ist „Professor Paff", ein kleiner Drache mit einem Nilpferdkof, der mit Vorliebe Pupser lässt, die nach Rosengarten duften.

Klaras Eltern können die Wibbel-Wabbels zunächst nicht wahrnehmen und telefonieren nach dem Notarzt, weil sie glauben, ihr Kind habe Halluzinationen. Zum Glück kommt Wera Wolf, die beste Freundin von Klaras Mutter, gerade rechtzeitig zu einem Besuch, und sie kann die Sternenwesen sehen...

Der Roman „Janas Weg"

Jana, eine junge Floristin, verliebt sich auf den ersten Blick in den Kunststudenten Manuel. Aber der hat soeben bei ihr 23 rote Rosen zum Geburtstag seiner großen Liebe, der Psychologiestudentin Angela, gekauft! Danach geht es im wahrsten Sinne des Wortes rund: Bald stellt sich heraus, dass Angela eigentlich unsterblich in Manuels Dozenten Sixtus verliebt ist. Und der wiederum verfällt Jana mit Haut und Haaren! Ein Hamsterrad beginnt sich zu drehen, eine Lösung ist nicht in Sicht. Bis Angela eines Tages in tiefer Verzweiflung einen Selbstmordversuch unternimmt...

Auf ihrer Wanderung durch all diese Verstrickungen, die vorübergehend auch in eine Beziehung mit Sixtus führt, öffnet sich für Jana unverhofft ein Weg nach Innen. Über die Begegnung mit ihrem Schutzengel wird sie zu ihrer eigenen Chefin gelenkt. Elisabeth Mauermann aber ist eine „Spirituelle", die Jana von einer bevorstehenden Zeitenwende erzählt und sie in die Erfahrung der Vergangenheit früherer Leben hinein begleitet. Neue Horizonte tun sich auf, aber auch neue Widerstände. Jana erlebt weitere sehr schmerzhafte Prozesse, doch eines Tages begegnet sie Ansgar, dem Sohn ihrer Chefin...